Ilustraciones: Marifé González
Diseño gráfico y textos: Marcela Grez
Revisión del texto inglés: Eleanor Pitt

© SUSAETA EDICIONES, S.A. - Obra colectiva
C/ Campezo, 13 - 28022 Madrid
Tel.: 91 3009100 - Fax: 91 3009118
www.susaeta.com

El Patito Feo

The Ugly Duckling

susaeta

1 **O**nce upon a time, in a beautiful lake near beautiful green fields, a Mummy Duck made her nest with care and waited impatiently for her ducklings to be born.

All of a sudden, her eggs started to hatch and the little ducks came out.

"How pretty they are!" said Mummy Duck.

But one of the eggs wasn't breaking its shell so she kept it warm.

An old duck that was passing by saw her incubate the egg and said: "Leave it and take care of your other children".

But Mummy Duck was a good mother and didn't give up.

4 **F**inally the last little duck appeared. He was bigger and clumsier than his brothers and sisters, a different colour, and not as pretty.

"Maybe he's a turkey", thought Mummy Duck, but she immediately cast that thought away.

All the animals made fun of the big duckling: "What an ugly little duck. Look how clumsy he is!"

So they called him "the ugly duckling", and the poor thing didn't dare look away from the ground.

6

The next day, Mummy Duck took her children to the lake to go for a swim. They all swam very well, even the ugly duckling.

Mummy Duck then thought that he had to be a duck because he moved his little feet very well and floated perfectly in the water.

7

Later they went to the farm. Again, all the animals made fun of the poor ugly duckling.

Then, the cockerel came and kicked him over the fence.

8 The duckling fled, afraid. As night fell, he stumbled upon an old cabin.

9 **A**n old woman who couldn't see very well lived there. She invited him in thinking he was a fat goose that would lay big eggs.

10 The old lady waited every day for the ugly duckling to lay an egg, and her cat and chicken laughed at him.

11 **O**ne afternoon, tired of the teasing, he said goodbye and left that place.

12 **B**ut winter came, and with it, snow. He was freezing cold when a farmer picked him up and took care of him.

13

In spring he went to the pond, and was surprised when he saw his reflection in the water.

"There's a new swan in the pond, and he's the most beautiful of them all!" shouted the children.

And the ugly duckling knew they were talking about him.

And so this story ends.

1 Érase una vez en un hermoso <u>lago</u>, cerca de verdes y maravillosos <u>campos</u>, una pata que había hecho su <u>nido</u> con esmero y esperaba con <u>impaciencia</u> el nacimiento de sus <u>patitos</u>.

 2 De pronto, sus patitos comenzaron a nacer.
—¡Qué <u>bonitos</u>! —exclamó mamá pata.
Pero uno de ellos no acababa de romper el <u>cascarón</u>, así que siguió dándole calor.

 3 Pasó por allí una vieja pata que, al verla aún <u>empollando</u>, le dijo:
—Déjalo y ocúpate de tus <u>otros hijos</u>.
Pero la patita era una <u>buena madre</u> y no desistió.

 4 Al fin el último patito apareció. Era más grande y <u>torpe</u> que sus hermanos, de diferente color y no tan bonito.
«Quizás sea un <u>pavo</u>», <u>pensó</u> mamá pata, pero al instante abandonó la idea.

Todos los animales se burlaban del <u>patito</u> grandote:

-¡Vaya pato tan <u>feo</u>, y mira qué torpe es!

Así que le llamaron «<u>el patito feo</u>», y el pobre no se atrevía ni a levantar la mirada del suelo.

 Al día siguiente, mamá pata llevó a su prole al río a <u>darse un chapuzón</u>. Todos nadaban muy bien, incluso el patito feo.

Mamá pata pensó entonces que también <u>debía ser</u> un pato porque movía sus <u>patitas</u> muy bien y se mantenía perfectamente en el agua.

 Luego volvieron a la <u>granja</u>. Otra vez, todos los animales <u>se burlaron</u> del pobre patito feo.

Entonces llegó el <u>gallo</u> y le dio tal <u>puntapié</u> que lo lanzó fuera de la <u>verja</u>.

 El patito huyó <u>asustado</u>. Pasó la noche y llegó a una vieja <u>cabaña</u>.

9 Allí vivía una anciana que <u>no veía bien</u> y que le invitó a quedarse porque pensaba que era una <u>gansa gorda</u> que pondría grandes huevos.

10 La anciana esperaba cada día a que el patito feo <u>pusiera un huevo</u>, y el gato y la gallina se burlaban de él.

11 Una tarde, <u>cansado</u> de las burlas, se despidió y <u>se marchó</u> de aquel lugar.

12 Pero llegaron el <u>invierno</u> y la <u>nieve</u>. Estaba muerto de <u>frío</u> cuando pasó un campesino que <u>lo recogió</u> y cuidó.

13 En <u>primavera</u> se fue al <u>estanque</u> y, sorprendido, vio su <u>reflejo</u> en el agua.
—¡Hay un nuevo <u>cisne</u> en el estanque, y es el más bonito de todos! —<u>gritaban</u> los niños.
Y el patito feo comprendió que lo <u>decían por él</u>.
Y colorín colorado, este cuento se ha acabado.